本屋敏郎歌集

神話街道

短歌研究社

神話街道　目次

一・日向街道

辞　令　12
延　岡　13
アスリートタウン　16
城山の鐘　19
愛宕山・生きる　22
愛宕山・佇む　26
山を下れば　29
キャンパス　33
行　縢　38
角力田橋　41
受話器の向こう　44

風　48
石地蔵　52
桜の里　55
和田越　58
家族の距離　62
足　下　65
橋の川風　69
童　72
月　光　74
細き絆　77
奥日向　81
日向灘　83
日向路　87

二 神話街道

降　臨　94
逢初川（西都）　99
山幸彦の海　101
山幸彦　104
わたつみの宮　107
高屋山上陵（日向）　109
高屋山上陵（薩摩）　110
吾平山陵　112
禊　池　115
神話の里　118
五ヶ瀬川　121

隼人の里　125
三．肥後・豊後街道
阿　蘇　130
新　緑　133
人吉・熊本　136
豊後峠　138
白水の滝　140
黒　土　141
九　重　143
津久見　145
日豊本線　147

四．薩摩街道

ふるさと　152
背戸の山　155
母ひとり　158
客のごと　160
小さき春　163
上野のふるさと　165
止り木　167
新家族　170
母の昭和　172
手　術　174
卒　寿　177

離　郷　179
トロトロの卵　181
別　離　183
越冬コスモス　186
祈　り　188
うつせみ　192
面　影　195
解　説　坂井修一　197
あとがき　207

神話街道

一・日向街道

辞令

蕾あり五分咲きもあり花冷えに並びて小さき辞令をもらう

ふるさとの鹿児島で二十六年間病院薬剤師として働いていたが、二〇〇三年四月より宮崎県延岡市にある大学で働くことになり転居した。五十歳だった。頂いた辞令は小さな紙に書かれていたが、私にとっては大きな転換だった。季節は正に花冷えで、冷気が開花途上の桜の花びらを震わせていた。そして私の新しい街での生活が始まった。

延岡

雨止みて風の清しき黄昏を静かに山の鐘鳴り渡る

神々の里は茜に夕づきて岩戸の祭り佳境のごとし

大阿蘇の噴火の跡を幾万年洗いて今日も川流れ来る

神の手を翳して大地閉ざすごと霧の流れて暗みゆく街

夜の川に浮べる舟の影潜り闇の底ひを鮎落ちてゆく

饅頭と恋は破れが美しとよく売れている破れ饅頭

音立てて高千穂下ろし吹き荒ぶ冬の畑に大根太る

漱石は嘘つきだった、延岡に人の数ほど猿などいない

アスリートタウン

延岡西日本マラソン二首

独走のランナー行きぬ記録とう目に見えぬ敵に抜きつ抜かれつ

追うもあり逃げ行くもありマラソンの第二集団風切りて過ぐ

一周を六十六秒保ちつつペースメーカー絵のごと走る

ゴールデンゲームズ イン延岡

どん底は人の温みを教えてくれしと語り勝者は高台に立つ

強き者常には勝者ならずして残党狩りのごとカメラに追われる

爽やかな「こけちゃいました」の蘇る谷口選手の足型に寄る

城山の鐘

薄明の風の彼方に鳴る鐘を耳に残してまた夢に入る

人の手に撞ける鐘の音朝六つの聞こえる日もあり聞こえぬ日もあり

声合わせ交わす園児のあいさつの途切れて遠く鳴る山の鐘

風澄みて秋深まりぬ昨日より確かな山の鐘聞こえくる

百年を変らざるとう鐘の音聞きつつ明日の改革案練る

牧水も聞きし城山の鐘の音　鐘守交代のニュース伝わる

人の心に届くことばもあれば良し、今鳴りわたる城山の鐘

夕暮れの山へ鳴りくる鐘の音を石の地蔵と並びて聞きぬ

愛宕山・生きる

二拍手と二礼の間に鶯の囃子を入れて社に参る

朝光の届き始めし庭石の温もり抱きて蜥蜴眠れり

高きより木の葉のごとく舞い降りて白蝶風に流されてゆく

流されてばかりのように揺れながら行くべき方へ飛びゆける蝶

出かけたら人に会ったと言いそうな素振りで蛇が過ぎりて行きぬ

青葉風戦げる原になだれ来て縺れて遊ぶ雀群れなし

行く先に鳥の降り来て目を合わす山路辿れば仏のおわす

山道の濡れてだんご虫走るフィニッシュへ駆ける短距離走者

身を投げて尺取虫の寄りてくるそんなに必死に近づいて来るな

暗きより叫びたきことあるごとく真夜の小森に鳴くほととぎす

愛宕山・佇む

合歓の木に淡き花咲き昼山のあればほのぼのと夢見るごとし

寂しさも安らぎもあり一人来て薄山より昼月を見る

蜘蛛の巣へ落ちし枯れ葉をかすかに揺らし音無き山の風流れ行く

聞かぬ子を待つ母のごと山の灯の白く灯れり嵐の夜も

冬山にはぜの木赤しおろがみて触れてはならぬ神の手のごと

枯れてなお山を彩る木々清し　確かな野党の役割もある

吹き荒ぶ風に抗う木々の枝の気概逞し山騒ぎいる

終焉を燃えて耀うもみじ葉の誇りもあらむ山燃えさかる

山を下れば

花廻る蝶の飛び来てすり抜ける摑み損ねし幸せのごと

鳴りだして頭叩かれ黙り込む時計のような人生である

行くもなく留まるもなく迷うごと此岸の空に蜻蛉群れ飛ぶ

襲われぬために低きを飛ぶという鳥のごときか心弱れば

伸びゆくもほどほどが良し看板に「大きくなりすぎた木を切っています」

人込みを避けてめでたき街を行く少し寂しき心かも知れぬ

アフガンもイラクもアジアも騒がしく盆の夜の雨音たてて降る

鬱という文字を大きく引き伸ばし見れば間に光も見える

寂しさをひとまず置きて満天の星を見ようと街を脱出す

不幸ふたつ幸せひとつ今日聞きぬ今日は良き日と思いて眠る

キャンパス

桜・つつじ・菜の花・蓮華咲く道を新入生の夢聞きつつ歩む

藤棚の花咲き盛るキャンパスに若き友どち声の賑わう

学生の輪より飛び出し藤棚を潜りて球の転がりてくる

月光《つきかげ》に声を弾ませ実習を終えたる若き群れ帰りゆく

正解に誤り織り込み若きらの運命《さだめ》マークシートの文様となる

一科目試験終わりて学生ら屯しており冬日溜りに

頑張れと励まし人を送り出し次は頑張れ俺とつぶやく

正月に帰省叶わぬ学生が良いお年をと言いて帰りぬ

休学の手続き書類を病室へ持ち行く　街はクリスマスイブ

求人と求職の電話共に来て仲人のように縁結びする

髪飾り揺らして発てる卒業生　能力引き出し伸ばし得たるや

志曲げて義理ある故郷へ帰らねばならぬの言葉途切れる

優しさが苦しかったと告白し耐えて励みし学舎《まなびや》を発つ

父よりも母よりもなど卒業の嬉しき嘘も言いくれて行く

行縢

青空へ朝日を返す行縢《むかばき》山の岩の炎を見上げて歩む

目に青葉山ほととぎす木の橋に両手を広げ清流を聞く

竹林の葉裏を濡らしかたくなな心解くごと霧流れくる

惑うなく一途に駆けてぶつかりて山の早瀬の岩に砕ける

若葉伝う水の命を絞るごと集めて山の川流れ来る

花空を水面に写し磨かれて弥生日向の水張田眠る

惜しむなく日向の里に陽の注ぎ水無月の田に稲の色づく

角力田橋

延岡の文字身に纏い庄之助捌く結びの一番に沸く

大一番取り終えしごとゆったりと角力田橋を猫帰り来る

高千穂から流れてくる五ヶ瀬川が延岡市内で大瀬川と別れる分岐点のすぐ上流に岩熊大橋があり、その近くに角力田橋《すもうだはし》という小さな橋がある。平安時代、豊前国（大分県）宇佐神宮で神事として奉納相撲が行われており、延岡の地からも相撲取りを出さなければならなかったという。その奉納相撲に参加するための費用を賄うために設けられたのが角力田で、それが地名となり、橋の名前になっているという。

延岡は相撲との関わりも深い。近年では、大相撲の立行司、第三十五代木村庄之助を生んだ地でもある。氏は平成二十年五月から平成二十三年十一月まで三十五代木村庄之助を務められ、延岡の文字がデザイン化され模様のようにいくつもちりばめられた行司衣装は、テレビ画面で見るたびに嬉しかった。氏の最後のさばきは平成二十三年秋場所、千秋楽、横綱白鵬と大関日馬富士との一番であった。取り組みのあと最後の弓取り式を終え花道を下がってゆかれる氏を、先に下がり優勝を決めていた白鵬が待ち受け、花束を贈る様子がテレビ画面に映し出されていた。その映像とともに、その時延岡市の空に弾けた打ち上げ花火の音は今も鮮明に耳元に残っている。

……などと思いを巡らしながら、少し離れたところから角力田橋を眺めていると、どこへ行きどこから帰ってきたのか、白鵬のように丸々と太った猫が、大一番を取り終えた力士のように、ゆったりと橋の向こうから歩いて来るのが見えた。

（「延岡アポニュース」五十九号十五頁改）

受話器の向こう

訪いくれし人ありたりと知らせ来ぬ独り暮らしの故郷の母より

鳥威し高く掲げて育てきし母の思いの枇杷届きたり

電気屋を頼みてクーラー点けしとう母の近況人づてに聞く

庭隅を苗三本分耕して育てし母のトマトの届く

右足は痛くないとう母の便り左は痛いと読み換えたたむ

風邪ひきてももう大丈夫としか言わぬ受話器の向こうの鼻声を聴く

底冷えの夜明けて街を救急車走り行きたり、故郷に母

湯を沸かし顔を洗えと出しくれし母の言葉のなつかしき朝

木戸の草払うが成りしと伝えくる卒寿の母と喜び分かつ

風

風走り梢の鳥の墜ち来たり頭を上げてまた風となる

風乱れ河原の葦を惑わせて行方の見えぬ夕暮れがくる

風眠り動くもの無き昼下がり現《うつつ》を過去が追いかけてゆく

風震え木漏れ日返し滝のごと枯れ葉末期を煌めきて落つ

風躍り外野深くへ飛び行きしボールを外野手背向けて捕りぬ

丈低く風の鬩《せめ》ぎを躱《かわ》しつつ日向の夏を実る早期田

迫りこぬ人の言葉を打ち捨てて枯野の風のさざめきを聞く

風吹けば抗う山の木の群れの風強ければこぞり抗う

台風の風に揉まれて飛ぶ蝶の墜ちゆく先にまた荒ぶ風

原発を減らさむ風となれば良し山に並びて風車の回る

隠れ蓑風に捲られ見えしごと蜘蛛の糸ふと陽にきらめきぬ

石地蔵

目を瞑り人の言い訳聞くごとく石の地蔵は風聞きおわす

三十体の石の地蔵に囲まれて屈めば許し乞うこともあり

軽率な昨日の言葉をたしなめて石の仏の泣き黒子見る

かすめゆく風のさやぎに傾けて仏の耳はこぞりて大き

微笑みの地蔵と見えて近付けば密かに唇噛みておわしぬ

言葉なき地蔵の巡り言葉なく蟻の忙しく働いている

桜の里

秋の日の静かに暮れゆく縁側に子を逝かしめし女人《ひと》は小さく

幸せが思い出となる戸惑いに言葉詰まらせ死者送る母

血の色に身を染めながら落ちてゆく紅葉のごとき無念もあらむ

死者生者互みに支え生きるごと手入れ届きて庭墓のあり

僧ひとり桜の里へ歩み行く桜《はな》は哀しと誰か言いしか

身罷りて幾度廻りし春の風古墳に桜の花降りしきる

追われつつ見し桜《はな》ならむ西郷の戦場跡に散るまでを咲く

和田越

延岡は西南の役で西郷さんが唯一指揮をとられた和田越の戦いの地でもある。山県有朋中将率いる政府軍五万に対し西郷軍三千五百の劣勢の中、戦いに敗れた西郷軍は敗走し一軒の屋敷を大本営とした。そこで軍を解散することを決め、西郷さんは明治天皇より賜った陸軍大将服を焼かれたという。その家は現在「西郷隆盛宿陣跡資料館」となっているが、そこはまた宮内庁管轄「ニニギノミコト御陵墓参考地」と隣り合った場所でもあった。五万の兵で取り囲んだ政府軍も、天皇家の祖先の墓のある所へは大砲を打ち込むことができなかったという。当地での戦いの頃は既に西郷軍の敗色は濃い。しかし当地の人々は食料を運び、道案内をし、命がけの援助をしてくださったという［『西南戦争、戦跡を訪ねて』（宮崎県北川町教育委員会編）］。敗者になろうとする者に対し、離れてゆく人は多く、助けてくれる人は少ない。あの窮地においても多くの人に慕われ人々が寄ってきた西郷隆盛という人は、人としての生きかたを学ぶ上でも興味が尽きない。

（「かりん」四十巻十二号一六六頁改）

西郷と山県今も見合うごと和田越・樫山熱く真向かう

子を伴い弟と戦いし西郷のこころ隠して翳る和田越

自らの作りし国を敵として敗れし西郷真夏陽眩し

攻められて追いつめられて決意せしこの地に残る「西郷茶屋」は

敗れ来て大将服を焼きしとう西郷さんの夢も眠れる

敗走の薩摩の軍を助けてくれし日向の里の秋暖かし

西郷さんの大き体も運びたる舟影しまい冬川の澄む

家族の距離

家族五人散り散り暮らしいずこへも最も近き天国の父

この朝も父あるごとく卓上の父の歌集の歌拾い読む

子を誘い見に来し冬の日向灘凪ぎてきらめく海ある限り

終日を子の携帯の繋がらず便利が人をうろたえさせる

離れ住む母も子もあり佇めば日暮れの山に鐘鳴り渡る

待ち合わせと別れは羽田、十二時間機内に並びて家族に戻る

足下

花びらの訪れのあり留守にせし家へ入らんと立つ足下に

賑やかに葉を繁らせてひっそりと咲く白小さき豌豆の花

打ちやすき所へ返すピンポンのしばし続けばすこし安らぐ

忘れ物取りに来るごと二円切手背負い忘れし葉書戻り来《く》

片付けをせよと言われてもう少し生きるつもりで先送りする

立ち止まり声を整え入り行く職場の部屋から家庭の部屋へ

濡れタオルの端より水のたらたらと漏らしてならぬ秘話のごとしも

夜深き音無き闇に目を瞑り太古の星より降る声を聞く

早起きの一番は虫、二番は小鳥、続いて新聞少年が来る

橋の川風

一杯の湯割りの焼酎恋いて行く場末の小さき酒場の隅へ

老夫婦二人で商う居酒屋の隅に地産のメヒカリつまむ

三国志、義の将劉備語るとき酒場の日付勝手に変わる

国訛り憚るはなしラーメンの麺を伸ばして話の弾む

酒二合分かちて秋の月語り橋の川風流して帰る

路地裏を覗く月あり歳晩の酔いどれひとり見守りながら

童

親の手を離れて友の待つ方へ体斜めに幼駆けゆく

ひとしきり挨拶交しし童らに取り残されて山蟬の道

午後の陽にランドセルごと包まれて学童ふたり道辺に屈む

横断歩道を一緒に渡り引き返す幼きどちの日暮れの別れ

公園の若葉の風を巻き込みて少女くるりと逆上がりする

月光

誘うは何処か知らず玄関に月の光の出迎えのあり

風澄める野末に月の明るくて心遊ばせ帰る夜の道

一遇の縁温め別れ来て列車の窓に月連れ帰る

山眠る月の光に照らされて窓に静かに木の影宿る

月明かり障子を照らし正楽の切り絵のごとき木立を揺らす

月光にかざしコップに水注ぐ神の恵みを押し戴くと

細き絆

生ゴミを紙に隠され首捻る鴉に今朝は妻の一本勝ち

サザエさんを見ようと散歩の道急ぐ妻に従いこの日も暮れる

ほのぼのと笑いたいからと言う妻と日曜夕べサザエさんを見る

大相撲千秋楽を見ておりし妻が君が代口ずさみおり

皿ひとつ妻と二人の夕食の猪の残しし筍に足る

束の間の団欒の時許されてドラマ一本並びて見たり

年ゆけば言葉も背も丸くなり後ろ姿もその母に似る

一日家に在りて会話のあらざりし妻が受話器に言葉もつれる

鬱と薔薇、紙に大きく書き残し妻がいつしか寝てしまいたり

夜二時間朝一時間顔合わす夫婦の絆細く繋がる

銀婚を迎えて何を語るなく秋の河原に来て腰下ろす

奥日向

坪谷川に明治の童遊ばせて牧水そばを窓の辺に食む

苔生して牧水思索の石ありぬ寂し寂しと風泣く背戸に

生家裏思索の岩に叱るごと諭すごと鳴くクマ蟬の声

流れ来て村に尽くしし牧水の祖父のごと花みちの辺に咲く

戦いて逃れ日向の地に果てし百済の王の息のごと風

日向灘

美々津、都農、名前豊かにつつましき日向の里に朝日の昇る

春の海に白き舟あり眠る子をあやすごと揺れ時過ぎてゆく

黄昏の寂しき海の影引きて雨の港へ舟帰り来る

波に乗り漂う短き幸せの崩れて青年はまた波に挑む

大洋の逆巻く波を受けて立つ小島の岩の角みな丸し

草原を白馬群れなし行くごとく白波の湧く秋の海原

台風の連れ来し波の引くは無くＫＯ連打のごとく押し寄す

静けさの湾に戻れば銀鱗を夕陽に返し魚の群れ飛ぶ

足元に光を引きて鳥降り来冬陽穏しき日向の海へ

暮れ落ちし海の家より灯の漏れてサーフボードは闇の間に浮く

日向路

秀吉に追われ走りし天正の島津となりて日向路下る

花の咲き鳥の囀り蝶の舞い楽園のごと過疎の村あり

冬枯れの荒野に優しき陽の降りて兎の足跡温めている

木瓜の花咲くごと枝に白鳥の群れて止まれり残光の中

喰みもせず遊ぶでもなく日溜りに売られゆく日を待つ牛がいる

窓越しに他人の幸せ見るごとく音なく開く遠花火あり

昼夜を騙す明かりに照らされてハウスに実る優しき果実

哀しきは実りの影なき秋の里休耕田にコスモスの咲く

慎ましき祝福のごと黄金田の畔に寄り添い秋桜の咲く

青空より線を描きて点となり白鷺一羽黄金田に立つ

分け入れば鄙に都のある如く燃えて賑わう紅葉の山

義弘の攻めあぐねしとう小林城本丸跡へ風の誘う

何もなき城跡と言えり然はあれど死の攻防の歴史残れり

弔いの魂漂えり激戦の小林城址、蜻蛉の飛ぶ

二．神話街道

降臨

何方《いずかた》にコノハナはあり高千穂の山より雲の流れ来て去る

宮崎県延岡市から西臼杵郡高千穂町を経る国道二一八号線の延岡—高千穂区間は高千穂神話街道と呼ばれている。古事記、日本書紀による天孫ニニギノミコトの降臨の地高千穂を含む宮崎県北一帯は神話との関わりの語られる場所が多い。降臨されたニニギノミコトは、笠沙の岬でコノハナサクヤヒメと出会い、海幸彦、山幸彦などの子を授かり、神武天皇のお船出へと日向神話がつながってゆく。延岡市の中心地近くにある愛宕山は、小高い丘であるが、その昔笠沙山と呼ばれていたところから、この地では、ニニギノミコトとコノハナサクヤヒメの出会いの場所とされ、山頂付近には「出会いの聖地」の幟がはためいている。真偽はともかくとして、愛宕山山頂の展望台に立ち、心地よい風に吹かれながら、高千穂の山々から流れて来る雲を見ていると、姫を探しに来られた尊の姿も雲の上に見えるような気がする。街のいたる所から神話の世界へワープし、勝手な想像物語を楽しめるのは、この地ならではの幸せかもしれない。

（「かりん」三十九巻九号一〇七頁改）

闇深き高千穂の空分け分けて天孫降臨の地へ飛行機下る

大地ごと雲に覆われ天孫の降臨待つごと日向《ひむか》佇む

旅人が皆手に囲う猿田彦着陸すればスマホを手繰る

猿田彦はニニギノミコト一行を道中で待ち、地上の国への道案内をした。

山来れば眼下に日向の海ありぬ天の浮橋此所とばかりに

猿田彦ニニギ待つごと霧の中神話街道鳥の影あり

雲おおう地分け地分けて進み行き日向高千穂神々の里

二上山か槵觸峯か何れとて降臨の山平らかに非ず

天孫降臨の地は高千穂の槵觸峯《くしふる》とも二上山《ふたがみ》とも言われている。

天孫と言えど余所者、降臨の地は山里の木々繁る中

余所者は来るなとニニギ威すごと榲觸峯に蟬鳴きしきる

降臨ののちの暮らしの厳しさを慮りて高千穂に佇つ

逢初川（西都）

サクヤヒメ出て来ぬかと緑陰の風に吹かれて逢初《あいそめ》の川

天孫と山祇《やまつみ》の姫が出逢いたる岬に風は太古のごとく

逢初《あいそめ》の川に憩えば音高く基地のジェット機頭上に迫る

声悪き鴉の鳴けり　見目悪きイワナガヒメは戻されしとう

山幸彦の海

わたつみの山幸囲む宴かと波間の声を風拾いくる

もてなしの豊玉姫の舞かとも筑紫の日向の海面ゆらめく

日向神話のニニギノミコトが天から降臨されたというのは虚構であろう。しかし、梅原猛著『天皇家の〝ふるさと〟日向をゆく』（新潮文庫）では発達した稲作技術などをもって海外から高千穂へ移住してきたニニギ一族の成功物語と説明されており、説得力がある。

ニニギノミコトは土着の王オオヤマツミの神の娘、コノハナサクヤヒメを妻とし、一帯を支配する力を得た。その子ヒコホホデミノミコトすなわち山幸彦は、ワタツミノカミの娘、トヨタマヒメを、さらにその子、ウガヤフキアエズノミコトはトヨタマヒメの妹、タマヨリヒメを妻とし、海の支配権を得た。

山幸彦は大淀川河口の「橘の小戸」からワタツミの神の宮へ向かったという。鹿児島県指宿市開聞の枚聞《ひらきき》神社がその宮跡かも知れないそうである。山幸彦と豊玉姫の出会いの場所「玉の井」や「豊玉姫神社」などが近隣にある。また南種子町の宝満神社には、タマヨリヒメが米の原種の赤米を持って降臨されたとの言い伝えがあるという。ワタツミノカミ一族は、筑紫の日向の一角、薩摩の海を広範に支配し、山幸彦の滞在を盛大に歓迎したのかも知れない。

錦江湾を渡るフェリーからニニギ一族に思いを馳せ想像を膨らませていると、吹き寄せる風の音は山幸彦を歓迎する宴のさざめきのように聞こえ、海面のさざ波は豊玉姫の舞のように見えてくる。

（「南日本新聞」二〇二〇年五月十四日俳歌吟遊改）

山幸彦

山幸が力拡げてゆきしごと道無き道をカーナビで行く

山幸の一尋鰐《ひとひろわに》もかくやかと凪海原を高速船行く

豊玉姫玉依姫の物語底に沈めて海凪ぐ日向

山幸はわたつみの宮出でたりと告ぐがに青島に波押し寄せる

塩満玉沈めし所か海遠く社の井戸に塩水の湧く　鹿野田神社

敗れたる海幸彦の嘆きなれ雨の日向の潮騒を聴く

わたつみの宮

わたつみの神の宿ると崇められ海よりそそり立つ開聞岳は

わたつみの神の館か枚聞《ひらきき》神社琉球王との交わり残す

松梅の蒔絵で飾る化粧箱　玉手箱とて鈍光放つ

高屋山上陵（日向）

山幸彦眠るはここか魂のごと高屋山上陵に黄蝶漂う

戦いの明け暮れなりしや山幸の眠りを乱し戦闘機飛ぶ

高屋山上陵（薩摩）

山幸彦何処に眠る高屋山上陵、薩摩に戻れば薩摩にありぬ

石段《きだはし》を昇りて陵に近づけば森を揺るがし蟬の鳴き出す

蜘蛛の糸登り行くごと階昇り神の眠れる陵に来る

豊玉姫娶りて海の力得し山幸彦の眠る山上

高屋山上陵とあれば拝めり神の世の若き益荒男山幸彦を

吾平山陵

神武天皇の父とのみ記され陰深き窟《いわや》にウガヤノミコト眠れり

信厚きリリーフ投手の如きかと伝え少なきミコトを拝む

千年の苔むす岩の奥闇のミコトの眠りに柏手を打つ

千年を窟に眠るミコトなり慰めるもの川瀬の音か

苔纏い直立不動に立ち並ぶ参道の木々衛兵のごと

千年の時の流れの玉響《たまゆら》か　陵《みささぎ》の辺に川流れ行く

禊池

宮崎市郊外の江田神社は、神主さんの祝詞に出てくる「竺紫の日向の橘の小門の阿波岐原」のその阿波岐原町という所にある。同神社はイザナミ、イザナギの二神を祭り、その近くにはイザナギの神が禊をされたという禊池がある。この世の日夜を治めるアマテラスとツクヨミは、見てはならぬ物を見たイザナギの左右の眼から生れた。穢れから生れたこの世の民は、今も禊を求めてこの池に寄り合うのかも知れない。

（「かりん」四十巻十二号一六六頁改）

病葉を踏みて神代へ渡るごと伊邪那岐みそぎの池を訪ねる

代を幾つ隔てて懺悔重ねたる伊邪那岐みそぎの池の影濃し

橘の小戸の阿波岐原に来て禊の池の風に身を寄す

訪えば声なき声のある如しみそぎの池に泡の弾ける

追われても独りにあらず伊邪那岐は禊の池に家族を得たり

神話の里

雲垂れて仙人あまた住むごとき神話の里へ街道上る

冬の陽に柿赤々と灯りいる丘のなだりの静けさの中

冬の田に藁焼く遠きふるさとの香り漂う道に佇む

四百人舞い手の在りて集落に守り守られ高千穂神楽

神楽舞う白装束に少年は舞台の袖に神の子となる

古里を担い童の指先をぴんと伸ばして神楽を舞えり

五ヶ瀬川

神々の行幸あるごと高千穂の連山《やま》より霧の五ヶ瀬を降る

笹舟のごときを浮べ 朝霧に過去より来しごと川横たわる

休らえば風暖かき春堤、水面煌めき川流れ行く

十万年流れる川の朝霧に釣舟の浮く神代のごとく

神々の里より流れ来る川を行幸従者のごと筏列下る

山川に遊ぶ童の手を振れば列車の窓より手を振り返す

河原の葦に舫いの綱預け夏川細く舟を遊ばす

川の面の鴨を優しく暖めて夕陽穏しく西山へ入る

鴨去りし川を渡りて人去りし職場へ向かう卯月の橋を

十万年流れ続けるこの川の川面の影となりて佇む

隼人の里

神々の息混じるごと風流れ霧島神宮駅の佇む

源は華やかならず木々深き山ふところに神宮の駅

稳やかに陽の降り注ぐ初春の神宮駅に神の息吸う

神宮の山を走りて海臨むハヤトの里へ神話のごと来る

故郷に帰り来たれり、次の駅「隼人」に列車止まると聞けば

アナウンス聞くだに騒ぐ血のありて特急霧島「隼人」に止まる

火の山に真向かう山を野を駆けて熊襲のタケルここに在りたり

三．肥後・豊後街道

阿蘇

山の木をたくさん見たと奥阿蘇の湯舟につかり少年の言う

田楽の串を戻して酒を酌む奥阿蘇の宿にひとり鎮もり

薩摩との戦に身罷りし魂《たま》へ弔いの桜と聞けり　散るを拝む

一心に弔う思惟に育まれ一心桜乱れなく咲く

長陽という村ありぬ陽の当たる丘のなだりに眠りいるごと

阿蘇五岳涅槃の像を手の平に置くごと眺め静けさにいる

仏舎利を胸処に宿す阿蘇五岳涅槃の像の平和に眠る

新緑

幾万の若葉あまねく陽を浴びて新緑の山、空へ膨らむ

曹操の百万の軍出でしごと新緑の山に若葉さざめく

新緑に紅差すごとく咲く躑躅　山の明るし人の明るし

新緑は山を下りて赤き屋根飛び越え海に影を落しぬ

新緑をかすめて速さ競うごと五月の空へつばめ消えゆく

萌え出でし新緑盛る野の道を青年ひたに走りてゆけり

人吉・熊本

戦いの合図のごとく音たてて球磨川下る人吉城下

球磨川を流れる霧に湯の宿の仄かな明かり零れて滲む

攻め攻めて生き抜きたるに導かれ武蔵塚なる道の辺に寄る

卒業より幾十年経しキャンパスの桜吹雪を潜りて巡る

叱られし思い出話持ち寄りて恩師の胸像除幕に集う

豊後峠

秀吉に阻まれし義弘、山県に阻まれし西郷、豊後口険し

山里を暗く濡らして降る雨に峠は大蛇《おろち》のごと列車飲み込む

世の迷い人の迷いの嵩《かさ》のごと峠に高き観音の建つ

植えたるは諸足揃え生えたるは四方に枝張り山に栄える

葉も枝も全てを削がれ侘纏い檜丸太の売られてゆきぬ

白水の滝

滝壺へ落ちくる水に砕かれて春の光の弾けて昇る

白水の滝の水浴び秋空へ黄蝶一頭昇りてゆきぬ

黒土

冬の陽の温もりを混ぜ山畑の土柔らかく耕されゆく

もの言わず人の道ゆく徳のごと耕田冬の陽を返しいる

春近き畑隈無く耕され豊後の国の土黒々し

厳かに春は来にけり高原の野焼きの炎を人ら囲みて

九重

背に九重《くじゅう》眼下に阿蘇を見渡して空に雲雀の鳴き昇りゆく

揺れ揺れて覚束なきに引かれ入り人ら賑わう大吊橋に

峡渡す吊橋に妻の竦みいて行くも帰るもなお汝の道

湯の里の日暮れを告げる鐘の音の湯屋へ入り来て湯に沈みゆく

津久見

文字太く書かれて鯉に添えられし男名はためく港の風に

大津波来れば詮なき港町、祈りのごとき夜の灯を点す

冬枯れの丘のなだりを祭るごと津久見みかんの明かり広がる

ほのぼのと冬の陽優し廃屋の遠き団居も暖めるごと

日豊本線

また渡り、此岸彼岸を迷うごと列車の進む川に沿いつつ

山つつじ明るむ小さき峠の駅に列車離合に短く止まる

安らかに滅びゆくべし廃線の線路に小さき花咲き並び

待つ人のあるらし線路の一方へ首を伸ばして立てる青年

雨けぶる山に一頭舞う蝶の寂しき影を列車置き去る

玄海へ沈みゆく陽に背を向けて明日の日の出の日向《ひむか》へ向かう

街があり暗闇があり街が来る夜の列車は一生《ひとよ》のごとし

眠りつつ運ばれて行く生もある夜汽車の窓の明かり閉ざして

暗闇に明かりのあれば寄りてゆく猪哀し列車に轢かる

山里の駅に列車の臨時に止まり飛び込む猪肉直売の文字

各駅に停まりつつ行く夜の列車家族の如き客運びゆく

四・薩摩街道

ふるさと

ここからは薩摩の国と言わねども言葉親しき都城駅

ふるさとは火を噴く山のあるところ元気を出せと叱られに来る

夕凪の錦江湾に胡坐かき目瞑るごとく桜島あり

帰り来て仰げば嬉し桜島煙なけれど父のごと在り

捨てたるに非ず捨てられたるに非ず帰れば野辺の花みな優し

五頭六頭連なり縺れ花渡る蝶を遊ばせ母ひとり住む

底冷えの雨の墓標に手を合わせ地下の眠りの声澄まし聞く

逝きしこと心残りの影のごと雨の墓標に火山灰《よな》絡みいる

背戸の山

誰が魂か彼岸の空を行き来するとんぼ時折我に近づく

訪ね来る蝶あり蜂あり生巡る山の一木となりて佇む

山鳥の残してくれし南天の夕陽に灯り背戸の明るむ

蛇口より零れる水の止まるごと鳥啼き止みて山また眠る

巣に触れてもがける蟬を高所より見つめる蜘蛛のありて動かず

幾度も窓へ飛び来てはね返される古里のかなぶんくじけはしない

母ひとり

縁側に皆背を向けて咲く花を育てて母は家守りいる

花から花へ糸かけ住まう山蜘蛛と呼吸を合わせ母ひとり住む

秋の日の照る裏山に一人居の母の咲かせし花灯りいる

客のごと

親不孝を詫びつつ里の母を訪う不孝に非ずと迎えてくるる

ふる里に独り暮らしの母を訪い冬日溜りに並びて佇ちぬ

八十の母の守れる家に入り客のごと座し茶などいただく

お帰りと言いたる後の留処なき母の話を遮らず聞く

死者に残され生者を送り故郷にいつか寂しき母の饒舌

風吹けば山より降れる枯れ枝を集めて沸かす母の湯に浸る

畑とも山とも知れぬなだりより菜を採り母のみそ汁出来る

真夜中のひそひそ話止まぬごと母の寝間よりラジオ音洩れくる

小さき春

親子三代離れ離れが集まりて父の遺影に見られて眠る

屋根裏に鼠も勝手に走らせて賑やかに母とこの年を越す

親子孫三代五人の小家族揃いて小さき春迎えたり

恙無く今日ある事をおろがみて揃いて食べる簡素な雑煮

三十歳《さんじゅう》の孫も揃いて詣でたる破魔矢の鈴を鳴らして帰る

上野のふるさと

東京へ来たから挨拶して帰る上野の山の西郷さんに

鹿児島へ帰りたくない子と会いて上野の西郷さんを訪ねる

その犬は我が古里の出自にてツンと言います西郷像の

腹黒き切符の腹を隠し持ち電車の席に澄まして座る

東京のネオンの空に置き去りし月が故郷の寒空に待つ

止り木

故里を離れ住む子の帰り来て幾度も青田の美しさを言う

三十歳越えてようやく職得しが優しく水かけ花を育てる

芒一株庭に植えたる子の願い何かは知らず　夕暮れがくる

守秘義務と親にも言わぬ秘密持ち離れゆく子と止り木に並ぶ

止り木に並びグラスを合わせたり聞かざれば言わぬ心を誘い

詮無きは言わず勤める子の口を濡らさむ酒を携えて会う

新家族

見たことのなき程の笑顔と言わしめて子が花嫁と腕組みて来る

さよならと軽く手を上げ帰り行く我が家というへ婚成りし子の

婚成りし子に残されて歳古りし夫婦の距離の少し縮まる

婚成りし子の声嫁の声部屋にあり元朝の家に家族増えたり

母の昭和

兄二人国に殉じしははそはの母の昭和の遠くはならず

法案の強行採決、権力行使　また動き出す母の昭和が

戦争反対、言おうものなら捕われし母の昭和のまた蘇る

裏山の防空壕の閉ざされて閉ざせぬ母の昭和を映す

手術

歩かねば痛くないから心配は無用と言えり　母の歩けず

右足を庇いて痛む左足を兄弟のごとしと呟き摩る

ひとつづつ術後のチューブ外されて母は再び母に戻れり

わが帰省もてなしくるる米寿にて腰骨二本取り換えし母

手術もて足の痛みの除かれし米寿の母を囲み年越す

集落の神を参りに背を伸ばし元朝の坂を母降りゆく

来年もあるから写真は要らぬとう母の気力をまずは寿ぐ

卒寿

長生きは寂しき事と呟きて卒寿の母が友の死を告ぐ

卒寿なる母と旅寝の夜に醒めてまどか儚き望月を見る

山眠る星眠る夜の闇に覚め母の寝息に耳すましいる

息災の卒寿の母のもてなしに甘えて静かに年改まる

新夫婦、卒寿の母と写し絵に写り新玉の年を寿ぐ

離郷

故郷の母を訪ねて百日草と忠告ひとつ貰いて帰る

ふる里の醤油は甘口「母ゆずり」買いて離郷の荷に加えおく

冬枯れを暖めている古里の夕陽に背向けまた家を出る

帰り際心配するなと異状なき検診結果を母の取り出す

痛くない寂しくないと嘘幾つ言わせて母とまた別れくる

トロトロの卵

トロトロの卵の如く腕の中に生後四日の赤子は居りぬ

兄弟も従兄弟も持たぬ一人子が吾子と呼べるを大切に抱く

一人子のその一人子の子と生まれ抱かれて腕に大欠伸する

目は誰に鼻は誰にと語り合う輪のなか赤子は家族となれり

別離

己が死を告ぐべきひとの誰彼と語り始めて電話長びく

唐突に仏壇買えと言いたりし急逝思うなきかの日の電話に

息できぬ苦しみを解くモルヒネに眠りてゆきぬ手を取る母の

義理のごと半日入院してみせて気遣い母のあっさり逝きぬ

嘘のごとその日あっさり母逝きぬ生れたて曽孫の写真を抱きて

ふるさとに母の居らざる寒き夜を母の遺骨に寄り添いて寝る

越冬コスモス

寂しさを胸に納めて踊るごと陰もつ波の煌めきて寄す

寒風に打たれ実りし庭先のとんがり柿のとんがりて落つ

山の神片目でこの世を覗くごと密かに山に筍の出る

雨に打たれ倒れしままに咲いている越冬コスモス老優のごと

私まだ生きていますと首を上げコスモス一輪梅雨晴れに咲く

祈り

中陰を旅行く母か夜を駆けて窓打つ風のさざめき止まず

七日供養すれば安らぐひと時を死者に救われ思い出を追う

離れ住めば母在るごとく母を忘れ戻りしうつつに母の居らざり

急逝の諾われずや空ろ屋に母の時計の今をも進む

老い母の守り住み来し古家に母無く佇み山風を聴く

父母の亡き生家に独り佇めば縁者のごとく秋津寄り来る

思い出かうつつか知らず生れ家の背戸に佇み秋の蟬聴く

古りてゆく空き家の生家に父母の遺影を残し語らいに行く

膝に来て摑まり立ちする幼子を抱きて遺影の母にも見せる

立ち昇りやがて仏間の風となる香の煙と祈りの言と

この朝を母は苦しみおりしかと命日の祈り少し長引く

うつせみ

離れ住む孫の写真に語りかけ妻の一日のしばし明るむ

子に孫に手を振りながらおはら節踊る輪にいる祭りの夜を

孫と子と写る写真のシャッター押す小さき幸せ壊れぬように

裏切りの片棒担ぎ孫置きて出かけ行く子を目で送り出す

立ち止まり親の不在に気付きたる孫はこの世の裏切りを知る

しゃぼん玉飛び行く先に昼月の有りて二歳に屈み指差す

愛でなく尊ぶべきはご縁という僧の言葉をなぞりて眠る

面影

茶を飲めと亡母の呼ぶ声するごとし住むなき生家に草毟りつつ

亡き父母もひょっこり帰り来る心地して生家の木戸の枯落葉掃く

掃けばまた椿の花の落ちてくる生家に亡母の死を語りつつ

山の鳥来て鳴く里の夕暮れを木戸掃く手を止め語るごと聞く

健やかに此の日の命運び来て鳥のさえずる冬陽の庭に

解説

『古事記』の国の光と影

坂井修一

本屋敏郎さんといえばその歌柄から〈心優しき薩摩隼人〉の印象が強く、親しみと敬意をもって遠望してきた。その本屋さんが第一歌集を編まれると聞いて、安堵のような暖かな気持ちを覚えたのは、私だけではないだろう。
今度、再校ゲラの段階でこの『神話街道』を読み、そうした気持ちは全く裏切られなかったばかりでなく、この歌人のもつ表現の多様性や人間の面白さをあらためて知ることとなり、「持つべきは歌の友」の思いを強くした次第である。

出かけたら人に会ったと言いそうな素振りで蛇が過ぎりて行きぬ
大一番取り終えしごとゆったりと角力田橋を猫帰り来る
隠れ蓑風に捲られ見えしごと蜘蛛の糸ふと陽にきらめきぬ
冬枯れの荒野に優しき陽の降りて兎の足跡温めている
雨けぶる山に一頭舞う蝶の寂しき影を列車置き去る

蛇が身をくねらせながら行き過ぎる。猫が泰然自若に角力田橋を渡る。蜘蛛の糸が風にめくれて光を放つ。荒野に残された兎の足跡が、冬の太陽に温められる。

本屋さんは、小動物の歌がとてもうまい。単なる描写の域を超えた観察があり、反転して我が事を見返す知恵がある。ときには教訓のようなものも見出だすのだが、決して臭くなく、すっきりと自然だ。

特に後の三つ、「蜘蛛の糸」、「兎の足跡」、それに「蝶の寂しき影」は良い歌だと思う。ここには、蜘蛛の出した「糸」があり、兎のつけた「足跡」があり、蝶の「影」が残るばかりだ。でも、そうした「糸」や「足跡」や「影」は、この世界の中で生をつなぐ者の運命を暗示し、命ある存在の悲しみやぬくもりを伝えている。

日常のさりげない姿を歌った作品たちだが、これらの背後には上質のヒューマニズムが感じられるし、ときに運命愛のようなものが読み取れるのではないか。

漱石は嘘つきだった、延岡に人の数ほど猿などいない
牧水も聞きし城山の鐘の音　鐘守交代のニュース伝わる
余所者は来るなとニニギ威すごと槵觸峯に蟬鳴きしきる
秀吉に阻まれし義弘、山県に阻まれし西郷、豊後口険し

本屋さんの第二の故郷は、宮崎県延岡市。本屋さんは五十歳にしてここの大学教授となり、定年となる六十五歳まで勤め上げた。日本学術振興会（ＪＳＰＳ）の記事によると、医療社会学・医療系薬学の専門家ということだ。大学では薬学部長なども務められたという。

さて、掲出の一首目。これは、次の記述に由来する。

延岡と云えば山の中も山の中も大変な山の中だ。赤シャツの云うところによると船から上がって、一日《いちんち》馬車へ乗って、宮崎へ行って、宮崎からま

た一日車《いちんち》へ乗らなくっては着けないそうだ。名前を聞いてさえ、開けた所とは思えない。猿《さる》と人とが半々に住んでるような気がする。いかに聖人のうらなり君だって、好んで猿の相手になりたくもないだろうに、何という物数奇《ものずき》だ。

『坊っちゃん』　夏目漱石

この『坊っちゃん』の記述を思い出しつつどんな田舎かと来てみれば、なんということはない。延岡はふつうの都会であった。海も山もあって自然豊かな土地だが、旭化成の本拠地だし、焼酎も清酒もビールも造られている。「猿と人と」云々は明治の冗談。二十一世紀のことではない。

でもこの歌、「嘘つきだった」と言いながら、漱石のユーモアに強く同調してもいる。猿はそれほどいなくても、猿より面白い人間はいくらもいる。新参者の自分などもその類かもしれない。

二首目。

なつかしき城山の鐘鳴り出でぬ幼かりし日ききし如くに　若山牧水

この歌の歌碑が延岡・城山公園にある（私も見たことがある）。本屋の歌では、上の句で牧水とこの作品を言って、下の句で「鐘守交代のニュース」へと転じる。一読連歌風の機知を感じさせるのだが、「鐘守」はやはりレトロな味わいがある。文化の継承とは、こんなふうにいくばくかの暖かみと羞恥のような感覚を伴うのだろう。

三首目。天孫ニニギノミコトといえども、日向の地に降臨したときは、ただの余所者に過ぎなかった。槵觸峯にかまびすしく鳴く蟬の声は、彼ら一行を脅しつけるようだったろうと想像する。英雄の物語は、激しく拒絶されるところから始まる。その舞台に作者は立ち、深い緑と蟬の声に攻められながら『古事記』を思い出し、わが身を振り返りなどする。

四首目。島津義弘が豊臣秀吉と戦ったのは一五八七年（根白坂の戦い）。西郷隆盛が山縣有朋軍と戦ったのは、一八七七年（西南戦争）。ともに、九州薩摩の軍勢は中央の軍隊に敗れている。結句「豊後口険し」は、史上何度も繰り返された地元の人々の敗北を、日向の土地に刻まれた痛みとして受けとめている。

歴史の国にして文学の国。日向の時間は、自分の命ある間だけでなく、遠い過去からつながって今に至る時間でもあった。

頑張れと励まし人を送り出し次は頑張れ俺とつぶやく
片付けをせよと言われてもう少し生きるつもりで先送りする
右足を庇いて痛む左足を兄弟のごとしと呟き摩る

「頑張れ俺」。「もう少し生きるつもり」。「兄弟のごとし」。こうした日常の表しかたにも、作者の人間性がにじみ出ている。本屋さんは誰よりも柔和で賢《さか》しい人間らしい人間なのだが、歌ことばにひそませたユーモアやかすかな自嘲の中に、生活感情と知恵を籠めておくのを忘れていない。

歴史や社会への大きな思いを歌っても、小さな日常の出来事を歌っても、作者の言葉は、柔らかく優しく人間的である。こういう歌人は愛される。そこに天邪鬼な私などは、ちょっぴり嫉妬を覚えたりもするのである。

昼夜を騙す明かりに照らされてハウスに実る優しき果実
逢初《あいそめ》の川に憩えば音高く基地のジェット機頭上に迫る
戦いの明け暮れなりしや山幸の眠りを乱し戦闘機飛ぶ
世の迷い人の迷いの嵩《かさ》のごと峠に高き観音の建つ
法案の強行採決、権力行使　また動き出す母の昭和が

優しいばかりではない。本屋さんは、怒るときはしっかりと怒ってもいる。そう。優しさの中の怒りは、しばしばこの歌集にするどい色彩を与える。「騙す」「迫る」「乱し」「建つ」「動き出す」など動詞たちに籠められた険しい思いは、読者たる私たちを立ち止まらせ、暗い沈黙へと誘うのではないか。

吹き荒ぶ風に抗う木々の枝の気概逞し山騒ぎいる
桜・つつじ・菜の花・蓮華咲く道を新入生の夢聞きつつ歩む
言葉なき地蔵の巡り言葉なく蟻の忙しく働いている
皿ひとつ妻と二人の夕食の猪の残しし筍に足る
冬枯れの丘のなだりを祭るごと津久見みかんの明かり広がる
捨てたるに非ず捨てられたるに非ず帰れば野辺の花みな優し
屋根裏に鼠も勝手に走らせて賑やかに母とこの年を越す
離れ住めば母在るごとく母を忘れ戻りしうつつに母の居らざり

本屋さんは、身近な自然の景物や名もない動植物のありさまを静かに愛することを知っている。また家族や近しい人を信じている。信じているから心騒ぎも起こるし、悲しみも湧き上がるのである。

宮崎、そして鹿児島という神話と物語の国にあって、本屋敏郎さんのような、落ち着いて暖かく、知的で批評精神も忘れない、そういう歌人が時を超えるように歌を作り続けていることを、この歌集を読んだ後も、折りに触れて思い出し、また幾度もこの本を開きたいものである。

あとがき

この歌集は私の第一歌集になります。私は仕事の関係で二〇〇三年四月、ふるさとの鹿児島から宮崎県延岡市へ転居し、二〇一八年三月までの十五年間を過ごしました。本歌集には、延岡へ転居以降の作品で二〇〇三年八月号から二〇二一年七月号まで「かりん」誌に発表しました一二六四首の中から四〇五首を選び収載致しました。なお一部は郷土の結社「南船」誌とも重複しています。年齢的には五十歳から六十八歳までの作品になります。

延岡は私にとって、住むまではあまり馴染みのないところでしたが、住んでみますと、山・川に恵まれ海にも面し自然豊かというばかりでなく、街に城山の鐘の音が流れ、近隣には神話との関わりの伝わる場所が多く在り、歴史的に鹿児島との縁も深いところであることを知りました。そのような環境の中で、鐘の音を聴き、風に触れ、川の流れを眺め、海のきらめきを見ながら、振り返ってみればとても幸せな日々を過ごさせていただきました。そのような日常の折々に、目に触れ肌に感じたことを短歌という形で記録しました。その記録の題材は十八年の間に、延岡を拠点に宮崎県内各地へ、時には熊本、大分の地へ、またたまにはふるさとの鹿児島へ広がっていました。本書ではその中の延岡を含む宮崎県内各所を題材としたものを「日向街道」、熊本・大分のものを「肥後・豊後街道」、古里に関するものを「薩摩街道」としてまとめました。

また先述のように延岡を含む宮崎県一帯は日向神話の舞台でもあります。ある時、梅原猛著『天皇家の〝ふるさと〟日向をゆく』（新潮文庫）に出会い読みましたところ、県下のバラバラな神社などの伝承が繋がれ、考古学的な考証も交え、ひとつの物語として構成され、日向神話が、発達した稲作などの技術を持って海外から高千穂へ移住してきたニニギ一族の成功物語と説明されていました。それはとても説得力があるように思われ、感銘を受け、日向神話への興味が高まりました。以後、折に触れ、高千穂、西都、青島など関係各所を訪ね、歌に詠み記録として加えました。本書ではそれらを「神話街道」としてまとめ、本歌集のタイトルともしました。

一方、私が鹿児島を離れ延岡へ転居する前年、父が他界しました。兄弟を持たない私は、母をふるさとの生家に一人残して延岡に赴任しました。母にとっては最も寂しくつらい時期だったと思いますが、「痛くない、寂しくない」と最後まで嘘を貫き通し、私の仕事を応援してくれました。その母が二〇一八年一月急逝しました。同年三月で私が定年退職を迎え鹿児島へ帰る直前のことでした。人には自分の力ではどうすることもできない運命というもののあることを改めて教えられました。本書を終始応援してくれた亡母に捧げ、供養の一助にさせていただきたいと存じます。

本歌集は私の日々の生活の記録に過ぎません。しかし短歌という表現手法と多少の関わりを持って過ごして来たがために、もしそうでなければ見逃して通り過ぎてしまうような小さな幸せを拾い、振り返ってみれば幸せな年月を過ごすことができたと感じております。毎月作品発表の場を頂き、ご指導頂いております馬場あき子先生、坂井修一先生はじめ「かりん」の皆様、東郷良子先生、竹之内信一郎先生、菊永國弘先生はじめ「南船」の皆様に心よりお礼申し上げます。

本歌集に対し、坂井修一先生には大変ご多忙の中、暖かく過分な「解説」の稿を賜りまして誠にありがとうございました。また米川千嘉子先生には準備段階から終始、励まし並びに多くのご助言を賜りまして誠にありがとうございました。両先生の一方ならぬご助力に、改めまして心よりお礼申し上げます。

さらに本歌集出版に際し、短歌研究社國兼秀二編集長並びに菊池洋美様に大変お世話になりました。厚くお礼申し上げます。

本屋敏郎

二〇二三年一月

著者略歴

1952年10月　鹿児島県生まれ
1986年７月　「南船」入会
1990年12月　「かりん」入会
2013年２月　「南船」選者・編集委員
2015年２月　日本歌人クラブ入会
2020年１月　鹿児島県歌人協会運営委員
2021年１月　鹿児島県歌人協会副会長
現在に至る

検印
省略

かりん叢書第四一二篇

令和五年三月一日　印刷発行

歌集　神話街道《しんわかいどう》

定価　本体二五〇〇円（税別）

著者　本屋敏郎《もとやとしろう》
郵便番号八九〇—〇〇七五
鹿児島県鹿児島市桜ケ丘八—三〇—一〇

発行者　國兼秀二

発行所　短歌研究社
郵便番号一一二—〇〇一三
東京都文京区音羽一—一七—一四　音羽ＹＫビル
電話〇三（三九四四）四八二二・四八三三
振替〇〇一九〇—九—二四三七五番

印刷者　ＫＰＳプロダクツ
製本者　牧製本

ISBN 978-4-86272-734-3 C0092 ¥2500E